V

Vente du Vendredi 13 Mai 1881

HOTEL DROUOT, SALLE N° 5

A DEUX HEURES

SUPERBES

BRODERIES ET ÉTOFFES

GOTHIQUES ET DE LA RENAISSANCE

TAPISSERIES AU POINT DE L'ÉPOQUE LOUIS XIV

Étoffes du même temps

BELLES TAPISSERIES ANCIENNES

PARMI LESQUELLES

Portrait en pied de NAPOLÉON Ier en Aubusson

NARCISSE, grand bronze par BOSIO

TRÈS BEAUX MEUBLES SCULPTÉS DU XVIe SIÈCLE

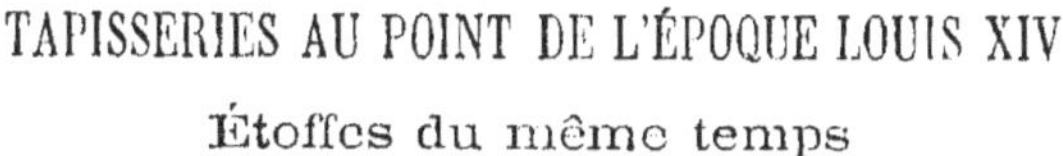

EXPOSITION PUBLIQUE

Le Jeudi 12 Mai 1881, de une heure et demie à cinq heures.

Me QUÉVREMONT	M. GANDOUIN
COMMIS^{re}-PRISEUR	EXPERT DES DOMAINES NATIONAUX
Rue Richer, n° 46	Rue Le Peletier, n° 42

PARIS — 1881

Vᵉ RENOU, MAULDE et COCK

IMPRIMEURS DE LA COMPAGNIE DES COMMISSAIRES-PRISEURS

Rue de Rivoli, 144

CATALOGUE

DE SUPERBES

BRODERIES et ÉTOFFES

GOTHIQUES ET DE LA RENAISSANCE

TAPISSERIES AU POINT DE L'ÉPOQUE LOUIS XIV

Étoffes du même temps

BELLES TAPISSERIES ANCIENNES

PARMI LESQUELLES

Portrait en pied de NAPOLÉON Ier en Aubusson

NARCISSE, grand bronze par BOSIO

TRÈS BEAUX MEUBLES SCULPTÉS DU XVIe SIÈCLE

DONT LA VENTE AURA LIEU

HOTEL DROUOT, SALLE Nº 5

Le Vendredi 13 Mai 1881

A DEUX HEURES

Par le ministère de **Me QUÉVREMONT**, Commissaire-Priseur,
rue Richer, 46,

Assisté de **M. GANDOUIN**, Expert des Domaines nationaux,
rue Le Peletier, 42,

CHEZ LESQUELS SE TROUVE LE CATALOGUE.

EXPOSITION PUBLIQUE

Le Jeudi 12 Mai 1881, de une heure et demie à cinq heures.

PARIS — 1881

CONDITIONS DE LA VENTE

—

La vente aura lieu au comptant.

Les Acquéreurs paieront CINQ POUR CENT en sus des enchères.

DÉSIGNATION

TAPISSERIES

1 — Napoléon Ier, empereur. Magnifique tapisserie d'Aubusson, signée 1804. Napoléon est représenté en pied dans le costume qu'il portait le jour du sacre.

2 — Tapisserie verdure avec oiseaux, toutes bordures.

3 — Une autre Tapiserie verdure avec oiseaux, toutes bordures.

4 — Belle Tapisserie Portière verdure, avec chasse au sanglier.

5 — Autre belle Portière verdure avec pastorale.

6 — Belle Tapisserie verdure, avec bordure des manufactures de Felletin.

7 — Tapis ancien de Smyrne.

8 — Tapisserie de l'époque Louis XIII, toutes bordures.

9 — Sous ce numéro, quatre Tapisseries verdures, de diverses époques.

10 — Dessus de porte, vase de fleurs, époque Louis XIV.

11 — Petite Bande de tapisserie de la Renaissance, fond bleu.

12 — Sous ce numéro, diverses Bandes de tapisseries, Morceaux et Objets divers provenant de tapisseries.

ÉTOFFES

13 — Belle Bande à fond noir en application de broderie soutachée de la Renaissance, très beau style. 2ᵐ75

14 — Chape remarquable en broderie de l'époque de la Renaissance, travail de soie et d'or du plus beau style du XVIᵉ siècle. 2ᵐ60 (Remarquable état de conservation).

15 — Très belle Bande gothique, ornée de saints brodés en soie, d'un travail remarquable.

16 — Autre Bande analogue à la précédente et de travail aussi précieux.

17 — Belle Bande de chasuble brodée en fin et ornée de diverses figures. Travail de même époque.

18 — Très belle Bande d'étoffe brodée en or, d'un style remarquable.

19 — Autre très belle Bande d'étoffe, analogue à la précédente.

20 — Tapis ancien brodé en soie, orné de chimères et d'arabesques. Travail très curieux.

21 — Petit Napperon en toile brodée, de couleurs différentes.

22 — Tapis ancien brodé en soie et orné d'arabesques.

23 — Chasuble de l'époque de la Renaissance en velours rouge, et à bandes brodées d'or ornées de figures et d'ornementation d'un très beau style.

24 — Grand Tapis de soie rouge groseille, brodée d'argent et d'or, semé de bouquets de vases et orné au centre d'un portrait. Travail de l'époque Louis XVI.

25 — Très belle Bande en application de velours vert soutachée et brodée de soie sur fond safran lamé d'or. Travail du xvie siècle. 3 mètres.

26 — Dalmatique remarquable en velours gothique, dont les jupes et les épaules sont ornées de sujets d'arabesques et de figures du plus beau style du xvie siècle. Très bien conservé.

27 — Chasuble à fond blanc brodée en soie soutachée, ornée de fleurs de différentes couleurs. Travail de l'époque Louis XIV. Bel état de conservation.

28 — Grand Tapis en soie jaune safran broché. 2m 40 sur 2m 40.

29 — Belle Bande fond rouge avec applications soutachées de vert. Travail du xvie siècle. 2m 10.

30 — Bande en soie rouge brodée d'or et de soie, très beau style et très bel état de conservation. 1m 20.

31 — Grand Tapis brodé de soie, fond orange brodé de soie, fleurs et oiseaux. Travail ancien chinois. 2m 10 sur 2m 40.

32 — Dalmatique, en velours rouge, dont les jupes et les épaules sont ornées d'arabesques soutachées d'or, xvie siècle.

33 — Autre Dalmatique, de même époque et de même travail, Louis XVI.

34 — Très remarquable Chasuble à fond vert lamé d'or, brodée de soie et d'or. Travail très remarquable de la Renaissance. Superbe état de conservation.

35 — Très belle Bande gothique brodée en or et ornée
de figures. Bel état de conservation. 1ᵐ90.

36 — Très belle Bande en application de velours vert
soutaché et brodé de soie sur fond safran lamé
d'or. Travail du xvıᵉ siècle. 2ᵐ85.

37 — Chasuble remarquable en velours rouge, ornée
d'arabesques et de sujets en soie brodée. Travail d'un très beau style et de la plus belle
époque du xvıᵉ siècle.

38 — Chasuble en velours rouge à bandes de soie
bleue, ornée d'applications de soie soutachée
et brodée d'or, xvıᵉ siècle.

39 — Très belle Chasuble gothique en velours rouge
frappé, ornée de broderies d'or et soie à nom-
breux personnages. Très bel état de conservation et très curieux.

40 — Très belle Bande du xvıᵉ siècle en broderie d'or
appliquée sur soie rouge. 1ᵐ30.

41 — Dalmatique en velours rouge, dont les jupes et
les épaules sont ornées d'arabesques et de sujets
soutachés d'or, xvıᵉ siècle.

42 — Chaperon de chape en application de velours
vert soutaché et brodé de soie sur fond safran
lamé d'or. Travail du xvıᵉ siècle. Très bel état
de conservation.

43 — Quatre Morceaux de même travail et de même
époque que le précédent. Très bel état de conservation.

44 — Très belle Chasuble gothique en velours broché
lamé d'or et ornée de remarquables bandes
brodées d'or et de figures.

45 — Très belle Chasuble gothique en soie blanche,
ornée de bandes gothiques brodées d'or et de
figures d'un très beau style.

46 — Grand et beau Tapis en ancienne broderie de
soie. Travail de Rhodes.

47 — Tapis chinois très ancien et très remarquable. Ce
tapis est composé de morceaux de crêpe de
différents tons cousus les uns à côté des autres
et forme au centre un médaillon à fond bleu
orné de chimères sur un fond blanc, orné d'oiseaux, fleurs et chimères: le tour du tapis est
de fond bleu orné d'oiseaux et d'arabesques.
3^m sur 2^{m}75. Pièce unique.

48 — Tapis de soie brodé à l'aiguille, orné d'animaux
et d'oiseaux. Travail excessivement précieux et
curieux. Ce tapis est doublé d'étoffe imprimée,
très curieuse. 2^m 05 sur 1^m 60.

49 — Deux Rideaux et Lambrequins brodés en soie de
diverses couleurs, sujets chinois. Travail de
l'époque Louis XVI.

50 — Lambrequin en damas de soie rouge.

51 — Deux Lambrequins de l'époque Louis XVI en
soie bleue et passementerie.

52 — Très beau Morceau en soie brochée, époque
Louis XV, fond rouge.

53 — Tapis de table en drap rouge soutaché. Très beau
travail de la Turquie d'Asie.

54 — Petit Tapis de table oriental brodé sur fond
groseille.

55 — Autre Tapis carré sur fond bleu, même travail.

56 — Autre Tapis rond, broderie de paillettes sur fond
bleu.

57 — Autre Tapis de prière brodé en blanc sur fond
rouge. Travail oriental.

58 — Portière en laine bleue, broderie amarante.

59 — Tapis de table fond vert d'eau, brodé.

60 — Morceau de soie violet, broderie de soie de
l'époque Louis XVI (chenillé).

61 — Grande et belle Portière violette en satin brodé de soie.

62 — Tapis de table brodé en soie, époque Louis XVI.

63 — Morceau de soie brochée Louis XVI, fond vert.

64 — Grand Morceau en soie brocart lamé d'or, Louis XIV.

65 — Chape en soie de l'époque Louis XVI.

66 — Autre Chape, de même époque.

67 — Chape en soie brochée, Louis XVI.

68 — Autre Chape en soie brochée, Louis XVI.

69-74 — Six autres Chapes, de dessins différents et de même époque.

75 — Coussin brodé, de l'époque Louis XVI.

76 — Autre Coussin, de même époque.

77 — Autre Coussin, de même époque.

78 — Très beau Tapis de table fond bleu brodé en argent.

79 — Étoffes diverses de dessins et broderies différents (Sera divisé).

80 — Lot de cuir de Cordoue.

81 — Chape en soie, avec bande en velours de Gênes.

82 — Deux Bandes en étoffe soie brochée Louis XIV.

83 — Jupes de soie brochée, de l'époque Louis XVI.

84 — Rideau imprimé en toile ancienne de Jouy.

85-86 — Deux autres Rideaux, de dessins différents.

87 — Deux autres Rideaux, à grosses fleurs, avec lambrequins.

88 — Très belle Chasuble en soie brochée, de l'époque gothique. Pièce très curieuse.

89 — Très belle Chasuble de l'époque de la Renaissance, ornée de bandes brodées en soie et or, du plus beau style du xvie siècle.

90 — Très belle Chasuble de la Renaissance, avec applications de soie et d'or soutachées. Très beau travail du xvie siècle.

91 — Jupe en soie brochée Louis XVI, à raies blanches
et bleues.

92 — Carré de velours rouge en application soutachée.
Travail de la Renaissance.

93 — Autre Carré analogue au précédent.

94 — Carré de tapisserie.

95 — Trois Morceaux de soie brochée, de l'époque
gothique.

96 — Quatre Rideaux en damas de soie rouge, époque
Louis XIV, avec bandes en applications soutachées.

97 — Diverses Pièces en soie brodée, insignes maço-
niques.

98 — Sous ce numéro, divers Morceaux de différentes
époques (Sera divisé).

TAPISSERIES AU POINT

99 — Morceau de tapisserie d'entre-deux à figures,
fleurs et animaux .Travail de l'époque Louis
XIV. 1^m 48 sur 0^m 66.

100 — Petit Morceau de même époque, représentant
Mercure et Argus.

101 — Carré de tapisserie à personnages et armoirie.
Travail de l'époque Louis XI.

102 — Écran en tapisserie au point (Paysage et Figures),
époque Louis XIV.

103 — Autre Écran, de même époque, avec personnages
chinois.

104 — Écran, de même époque, sur fond noir.

105 — Autre Écran, à fond bleu et noir.

106 — Deux Bandes de tapisserie au point sur fond vert, époque Henri II.

107 — Ecran de l'époque Louis XIV (Personnages).

108 — Beau Morceau de tapisserie de même époque, à ornements dans le goût de Berain.

109 — Autre Morceau de tapisserie de même époque, vase de fleurs sur fond jaune.

110 — Autre de Morceau de tapisserie même époque, vase et chimères sur fond noir.

111 — Feuille d'écran Louis XIV, arbres et ornements.

112 — Deux Bandes d'entre-d'eux, ornements et animaux sur fond noir.

113 — Morceau, ornements divers.

114 — Très beau Morceau de tapis de table. Travail du XVIe siècle.

115 — Deux belles Bandes d'entre-deux, de même époque.

116 — Deux Coussins, fleurs sur fond noir. Travail de l'époque Louis XIV.

117 — Carré de tapisserie au point, sujet de personnages, même époque.

118 — Morceau de tapisserie au point, époque Louis XIV.

119 — Sous ce numéro, diverses Pièces de même époque.

MEUBLES ET OBJETS DIVERS

120 — Très beau Meuble à deux corps sculpté du XVIe siècle, orné d'arabesques, de cariatides, à griffes marquées de lions et animaux divers, surmonté d'un fronton; le tout d'une très belle exécution, d'un beau style et de l'école de Ducerceau.

121 — Très beau Cabinet en noyer sculpté supporté par un portement très riche de même époque. Chaque tiroir est orné de sculptures exécutées par Berguretti.

122 — Très beau Lit de l'époque Louis XIII en noyer sculpté, dont le dosseret est surmonté d'un fronton sculpté orné de figures.

123 — Très beau Cabinet du xvie siècle en noyer sculpté. d'une très riche ornementation.

124 — Cabinet du xvie siècle dont les tiroirs sont ornés de profils.

125 — Cabinet de même époque finement sculpté.

126 — Crédence en chêne sculpté, de l'époque Louis XII.

127 — Coffre gothique en noyer sculpté, d'un très beau travail.

128 — Très beau et remarquable Meuble du xvie siècle, à deux corps ; le corps supérieur forme cabinet, et l'inférieur commode ; le tout est orné de cariatides et de figures du plus beau style de la Renaissance lombarde.

129 — Table moderne en noyer sculpté, dans le style de la Renaissance.

130 — Selle de l'époque Louis XIV, couverte en velours rouge, piquée, garnie de clous et avec ses étriers en fer forgé.

131 — Éperons en fer forgé et doré, de même époque. Louis XIV.

132 — Autre paire d'Éperons dorés.

133 — Très belle Clef en fer forgé de l'époque de la Renaissance, l'anneau est orné de chimères du plus beau style.

134 — Paire d'Étriers en fer forgé.

135 — Trépied en fer forgé, époque Louis XIV.

136 — Diverses Pièces en fer forgé.

137 — Sous ce numéro les Objets omis.

Vᵉ Renou, Maulde et Cock, impᵉ de la Compagnie des Commissaires-Priseurs, rue de Rivoli, 144   1863